Hänsel et Gretel

Il était une fois, un bûcheron, sa femme et ses deux enfants, Hänsel et Gretel, qui vivaient dans une grande forêt. L'homme aimait ses enfants plus que tout, mais leur belle-mère les détestait. Elle était jalouse d'eux et n'avait d'autre désir que de s'en débarrasser.

Le bûcheron était pauvre et avait du mal à nourrir sa famille. Un jour, sa femme se fâcha. Elle tenta de convaincre son mari qu'ils devaient se séparer des enfants s'ils voulaient se sortir de la misère. Elle lui proposa un plan pour les abandonner dans la forêt. Sur l'insistance de sa femme, le bûcheron accepta son offre.

De leur chambre, les deux petits avaient entendu la conversation de leurs parents. Gretel était terrorisée et se blottit contre son frère.

— Qu'allons-nous faire ? dit-elle en pleurant.

— Ne t'en fais pas, Gretel, dit Hänsel. Je trouverai un moyen de nous en tirer.

Ce soir-là, Hänsel pensa à un plan. Lorsque ses parents se furent endormis, il sortit sans faire de bruit. Il ramassa des petits cailloux blancs et en mit autant qu'il put dans ses poches. Puis, il rentra et alla se recoucher.

Au lever du jour, la belle-mère alla réveiller Hänsel et Gretel.

— Allez, debout ! leur dit-elle sèchement. Aujourd'hui, vous aiderez votre père à couper du bois dans la forêt.

Elle les poussa dehors et ferma la porte à double tour.

Les enfants suivirent leur père dans la forêt. En cours de route, Hänsel prenait des cailloux blancs dans sa poche et les jetait sur le sol. De cette façon, s'ils venaient à s'égarer, ils pourraient suivre la traînée de cailloux pour rentrer à la maison.

Après avoir marché pendant un long moment, leur père s'arrêta dans une clairière.

— Les enfants, dit-il, ramassez toutes les brindilles que vous pouvez pendant que je m'occupe de couper du bois. Je reviendrai vous chercher.

Sur ces paroles, leur père s'en alla.

Hänsel et Gretel firent ce qu'on leur avait demandé, et amassèrent des brindilles au sommet d'une petite colline. Puis, ils s'assirent et attendirent leur père.

Au coucher du soleil, ils comprirent que leur père n'allait pas revenir.

— Nous sommes perdus ! dit Gretel en sanglotant.

— Pas tout à fait, répondit Hänsel en montrant un petit caillou blanc du doigt. J'ai jeté des cailloux sur le sol pendant que nous marchions. Nous n'avons plus qu'à les suivre jusqu'à la maison !

Comme l'avait prévu Hänsel, les cailloux leur permirent d'atteindre la maison.

Lorsque leur belle-mère vit les enfants, elle se mit en colère !
Elle les envoya au lit sans même avoir mangé. Même s'ils avaient
très faim, Hänsel et Gretel obéirent à leur belle-mère sans rouspéter.
Ils étaient simplement heureux de pouvoir dormir dans un lit chaud.

Le lendemain matin, leur belle-mère les réveilla. Elle leur ordonna à nouveau d'accompagner leur père dans la forêt. Cette fois, cependant, elle leur donna un morceau de pain. Puisque Hänsel n'avait pas eu l'occasion d'aller chercher des cailloux pendant la nuit, il décida de jeter des miettes de pain le long du chemin.

Cette fois, ils s'enfoncèrent encore plus loin dans la forêt. Leur père leur demanda de ramasser des pierres et leur promit de revenir les chercher. Tandis qu'ils attendaient, ils fermèrent les paupières et tombèrent endormis.

Lorsque Hänsel se réveilla le lendemain matin, il constata que toutes les miettes de pain avaient disparu !

— Les oiseaux ont dû les manger ! dit tristement Gretel.

Tandis qu'ils marchaient dans la forêt, ils virent un joli oiseau sur une branche. Il chantait si bien que les enfants décidèrent de le suivre jusqu'à une petite maison faite en pain d'épice !

Les enfants affamés ne purent résister à l'odeur alléchante et se mirent à grignoter les murs. Soudain, la porte s'ouvrit et une vieille femme sortit de la maison.

— Si vous avez encore faim, j'ai tout ce qu'il vous faut à l'intérieur, dit-elle gentiment. Allez, venez !

Lorsqu'ils entrèrent, la vieille femme leur servit une montagne de friandises et de gâteaux de toutes sortes.

— Ne soyez pas timides ! Mangez tant que vous le voulez, dit la vieille femme.

Hänsel et Gretel se mirent à manger.

Mais ils ne savaient pas que la vieille femme était en réalité une méchante sorcière mangeuse d'enfants. Elle avait construit sa maison pour les attirer. Quand elle en prenait un, elle le faisait cuire et le mangeait !

Lorsque Hänsel eut terminé son repas, elle l'enferma dans une cage.

Au fil des jours, la sorcière continua de nourrir Hänsel, tandis que Gretel dut s'occuper d'effectuer les corvées dans la maison.

— Quand il sera à point, je le mangerai ! dit-elle avec un rire méchant.

De temps à autre, elle demandait à Hänsel de tendre son doigt afin de voir s'il était assez gras.

Bientôt, Gretel découvrit que la sorcière était pratiquement aveugle.

— Hänsel, la prochaine fois qu'elle te demandera de tendre ton doigt, tends-lui plutôt cet os de poulet, lui ordonna Gretel. Si elle te trouve trop maigre, elle ne te mangera pas !

À partir de cet instant, chaque fois que la sorcière lui demanda de tendre son doigt, Hänsel présenta l'os de poulet.

Quelques semaines plus tard, la sorcière n'en pouvait plus d'attendre.

— Gras ou maigre, c'est aujourd'hui que je te fais cuire ! dit-elle
à Hänsel.

Alors que la sorcière se pencha pour allumer le four, Gretel
la poussa à l'intérieur, claqua la porte et mit le verrou ! La sorcière
n'eut plus qu'à rôtir, et Gretel alla vite libérer son frère.

Tandis qu'ils se dirigeaient vers la porte, Hänsel remarqua quelque chose qui brillait dans l'un des coins de la maison. C'était un coffre rempli de pièces d'or !

Les enfants transportèrent le coffre jusque dans la forêt. Ils suivirent le même oiseau qui les avait menés à la maison de pain d'épice. Mais cette fois, l'oiseau les dirigea à travers la forêt, jusqu'à la maison de leur père !

Lorsqu'ils entrèrent dans la maison, ils découvrirent leur père seul. L'homme avait réalisé à quel point sa femme était méchante, et l'avait chassée de la maison !

Leur père les prit tous les deux dans ses bras. Il s'était tant ennuyé d'eux !

— Papa, nous avons une surprise pour toi ! l'informa Hänsel en lui montrant le coffre rempli de pièces d'or.

Leur père sauta de joie. C'en était fini des soucis. Ils vécurent heureux tous ensemble.